ENCERRADA
Título original: Op slot

D.R. © Del texto y las ilustraciones: Clavis Uitgeverij, Amsterdam - Hasselt, 2001
D.R. © De la traducción: Laura Emilia Pacheco

D.R. © De esta edición:
Aguilar, Altea, Taurus, Alfaguara, S.A. de C.V., 2002
Av. Universidad 767, Col. Del Valle
México, 03100, D.F. Teléfono 5420 7530
www.alfaguarainfantil.com.mx

Altea es un sello del **Grupo Santillana**.
Éstas son sus sedes:

ARGENTINA, BOLIVIA, CHILE, COLOMBIA, COSTA RICA, ECUADOR,
EL SALVADOR, ESPAÑA, ESTADOS UNIDOS, GUATEMALA, MÉXICO, PANAMÁ,
PERÚ, PUERTO RICO, REPÚBLICA DOMINICANA, URUGUAY Y VENEZUELA.

Primera edición publicada en Bélgica por Clavis Uitgeverij, Amsterdam - Hasselt, 2001
Primera edición en Aguilar, Altea, Taurus, Alfaguara, S.A. de C.V.: febrero de 2003

ISBN: 970-29-0665-2

Impreso en Bélgica por Proost

Marian De Smet y Marja Meijer

Encerrada

Altea

Ana está en la biblioteca con Mamá.

Mamá siempre se tarda en escoger un libro;

Ana, no.

Entrega los que ya leyó a la señora de la entrada y elige

otros cinco.

Cinco porque está prohibido tomar más.

"Eeeraaa... laaa... eees... cuan...", balbucea Mamá. Ana lanza un suspiro.

"¿Ya, mamá?", pregunta, molesta.

"Ya casi", murmura Mamá.

"Tengo que ir al baño."

Mamá no la escucha.

"Eee... paaa..."

"Voy rápido", dice Ana.

Ana mira la brillante perilla que está debajo de la manija.

Sabe que cuando uno hace girar la perilla la puerta se cierra
con llave. Mamá le tiene prohibido hacer eso.

Ana le jala a la cadena y se sube los pantalones.

Abre la puerta.

Clic, clac. El cuadrito blanco se vuelve rojo.

El rojo significa que hay que esperar porque el baño está ocupado.

Clic, clac, clic, clac.

Rojo, blanco, rojo, blanco.

"Voy a intentarlo por dentro." Clic.

Ana trata de abrir la puerta. La puerta no abre.

"Voy a girar la perilla otra vez." Pero no funciona.

La perilla está atorada. Ya no gira.

¿Y ahora qué?

La puerta no llega hasta el piso. A lo mejor puede deslizarse por debajo. ¡Mmmmh! No, no funciona. Cuando Ana vuelve a arrastrar las piernas, pierde un zapato.

Ana se acuesta boca abajo. No puede alcanzar su zapato.

Resopla y jadea. De pronto ¡el zapato ya no está allí!

Se quita el suéter y trata de nuevo, estirándose al máximo.

"¡Ayayay!" No, tampoco funciona.

Su cabeza es demasiado grande.

"Voy a tratar de salir por arriba de la puerta." No, Ana es demasiado pequeña.

De pronto, aparece la cara de un niño
por abajo.

"Éste no es el baño de niños", le dice
Ana. "Te equivocaste. Es la otra puerta."

"¿El zapato es tuyo?", pregunta él.

"Sí, gracias."

"Estoy encerrada", dice Ana.

"¿Puedes deslizarte por debajo de la puerta?"

"No", responde Ana, a la vez que lanza un prolongado suspiro. "¿Me puedes abrir?"

La cabeza desaparece. El niño lo intenta.

"De este lado no hay perilla. Sólo una manija", dice él.

"Entonces pásate a este lado", sugiere Ana.

"¿Cómo?"

"¿Cabes por debajo de la puerta? Espera, te ayudo."

"¡Ay, ay, ay, ay, ay!", grita él.

El niño intenta girar la perilla. No, tampoco puede.

"Está descompuesta", afirma.

El niño se sienta sobre el excusado.

"Me llamo Ana", dice ella. "¿Y tú?"

"Pedro", responde él. Toma un libro del altero
y se pone a verlo.

Ana también.

Es un libro gracioso. Es sobre una pequeña
águila.

De pronto Ana escucha que alguien la llama. ¡Mamá!
Ana se incorpora de un salto.
"¡Aquí estoy, mamá! ¡En el baño!"
Los tacones de Mamá retumban contra el piso.

"¡Estaba preocupadísima!", dice Mamá, aliviada.

"¿Por qué no me avisaste que venías al baño?"

"Te dije", responde Ana refunfuñando.

"Y ya sabes que no debes cerrar la puerta con llave", la reprende Mamá.

"La cerradura está rota", dice Pedro.

"¿Y quién es ése?", pregunta Mamá.

"Pedro", dice Ana.

Mamá busca algo en su bolso. Con una lima de uñas trata de lograr que gire la perilla. Un tornillo cae al piso. La manija se mueve para arriba y para abajo... la puerta se abre.

Mamá está enojada. Le pone el suéter a Ana.
"Lo hiciste muy bien", le dice Ana a su mamá.
"¿Qué hacemos con el tornillo?", pregunta Pedro.
Mamá se sonroja un poco.
"Creo que este tornillo sale sobrando", responde Mamá.

"A ver, Ana, detenme estos libros mientras entro al baño. Espérame aquí
un minuto."
Mamá desaparece detrás de la puerta.
Poquito después la manija se mueve para
arriba y para abajo. Y, otra vez: arriba y
abajo.
La manija retumba y golpea.
Rechina y se atora.

"Cariño", dice Mamá, "ve a traer a la señora de la entrada. La puerta no abre."
Ana lanza un suspiro.
"¡Mamá! ¡Ya sabes que no debes cerrar la puerta con llave!"

Y mientras Ana corre por la señora,
Pedro le desliza a Mamá un libro por debajo de la puerta.